KB109692

그때가
배고프지 않은
지금이었으면

그때가
배고프지 않은
지금이었으면

김용택
시집

마음산책

그때가
배고프지 않은
지금이었으면

1판 1쇄 인쇄   2024년 5월 30일
1판 1쇄 발행   2024년 6월   5일

지은이   김용택
펴낸이   정은숙
펴낸곳   마음산책

담당 편집   성혜현
담당 디자인   오세라
담당 마케팅   권혁준 · 최예린
경영지원   박지혜

등록   2000년 7월 28일(제2000-000237호)
주소   (우04043) 서울시 마포구 잔다리로3안길 20
전화   대표 l 362-1452 편집 l 362-1451   팩스 l 362-1455
홈페이지   www.maumsan.com
블로그   blog.naver.com/maumsanchaek
트위터   twitter.com/maumsanchaek
페이스북   facebook.com/maumsan
인스타그램   instagram.com/maumsanchaek
전자우편   maum@maumsan.com

ISBN   978-89-6090-889-5 03810

* 책값은 뒤표지에 있습니다.

진메 마을과 진메 사람들에게 이 시집을 바친다.
나는 그들의 표정을 일일이 기억하고 있다.
그곳은 그늘이 환한 곳이었다.

시인의 말

나는 작은 마을의 시인이다. 서쪽 봄날이라는 아름다운 호를 가졌던 서춘西春(사실은, 서쪽 마을이란 뜻의 서촌西村인지, 서쪽 냇가라는 서천西川인지, 그도 아니면 서쪽 하늘이라는 서천西天이었는지는 모른다) 할아버지가 심으셨다는 마을 앞 강 언덕 느티나무는 봄이면 늘 새로운 역사를 쓰고 새로운 시를 써준다. 오늘은 꾀꼬리가 앉아 울다 노랗게 날아갔다. 마을은 나에게 마르지 않는 영감을 주는 학교였다. 자연이 하는 말을 알아들으며 같이 먹고 일하면서 노는, 마을 사람들의 일상이 일러주는 말을 나는 받아 적었다. 시였다.

이 시집은 오래전 그러니까, 그때 내가 시를 읽고 세상을 배워가며 글을 쓰기 시작할 무렵부터 지금까지 따로 써놓고 발표하지 않은 우리 마을 이야기들이다. 그 시절 나와 같이 살았던 마을 사람들이 그리워 여기 모았다. 그래야 할 것 같았다. 소박한 이 시집은 내 모든 글의 '고향집'이다. 내 시 이전이고 이후다. 생각해보니 내 인생은 이 시집의 바탕 위에 지어졌다.

이 시집의 시들 중에는 산문집 『김용택의 섬진강 이야기』(전8권)를 쓰면서 수록했던 시도 일부 있다. 내가 찍은 사진들도 시집 속에 배치해보았다. 이 시집을 내면서, 비로소 나는 우리나라 어떤 한 마을을 완성하였구나, 하는 안도감을 얻었다. 어디선가 생전 처음인 것 같은 시원한 바람이 불어와 놀랐다. 그곳을 바라보았다. 우리에게 이런 마을들이 있었다.

2024년 봄
김용택

차 례

1

그늘이 환하게
웃던 날

그늘이 환하게 웃던 날

느티나무 아래로
아버지의 손을 잡고 한 발 또 한 발 걸을 때
오래 밟은 흙이 발가락을 덮고,
나는 마른 흙 범벅이 된 지렁이를 보았네.
아버지가 나를 내려다보았어.
아가, 더 자랐구나.
강 건너 나무들이 손을 뻗어 내 머리를 쓰다듬어주었어.
느티나무 그늘 아래 사람들이
모두 나를 보며 웃었어.
저놈 봐!
저놈이 웃네.
모든 오늘이 느티나무 아래로
모여들어 나를 보며
다 같이 환하게 웃었어.
마주 웃어줄 기억도 없이 가버린
좋은 시절, 우리 아버지 어머니.
그래도 나는
그쪽으로 고개를 돌리면

그때 그 웃음이 나와
아버지를 올려다보며
지금도 웃어.

긴 뫼

앞산도 길고
뒷산도 길고
산 따라
마을도 길다
산과 산 사이
앞강도 따라 길다
노루 꼬리같이
해 짧은 마을
긴 뫼가
진메 되었다

배꽃

고추 거름 내다
앞산 중턱 지게 밑에 앉아 쉬며
강 건너 바라보면
혜신이네 집 마당에
배나무 배꽃 핀다.
봄 물소리 지나가는 허기진 배
움켜쥐고
흰 배꽃이 핀다.

공동 우물

동네 가운데 허드레 샘 있었습니다.

아무리 가물어도 물 마르지 않았습니다.

세수도 하고, 걸레도 빨고, 미나리꽝과 텃논 물도 대고,
동네 불나면

그 샘물로 불도 껐습니다.

그 샘 중심으로 위 결, 아래 결 편 나누어

줄다리기하고, 짚으로 만든 공 차고, 씨름하고, 자치기
했습니다.

공동으로 쓰다 보니, 늘 물 나가는 도랑이 막혀

실지렁이들이 사는 해치가 물길을 막았습니다.

현철네 할머니, 막힌 도랑 치우며

급살을 맞을 연놈들, 어질러놓기만 하지

누구 하나 치우는 연놈들 없당게.

아무나 치우면 되지, 손목댕이가 부러지나 어디가 덧나.

양 소매 걷어붙이고 맨손으로 후적후적 막힌 도랑 다
치웠습니다.

그러다가 미꾸라지 나오면

한 마리 두 마리 잡다가 나중에는

샘을 품어 미꾸라지 잡았습니다.

샘물 다 품어내면

엄지손가락만 한 누런 미꾸라지들이

물구멍 물을 따라 꾸역꾸역 꾸물꾸물 나왔습니다.

구경꾼들 하나둘 모여들었습니다.

샘가에 삥 둘러서서

여기도 한 마리 저기도 한 마리 가리키며 도왔습니다.

미꾸라지 다 잡고 나면 새 물 넘쳐

도랑으로 시원하게 쑤욱 잘도 빠져나갔습니다.

동네 사람들 속이 다 시원했습니다.

호랑이 장가간 날

강변에 붉은 암소가 앉아 있다.

소낙비가 지나갔다.

왼쪽 잔등 털만 촉촉하게 젖었다.

비 지나갈 때까지 소는 그 자리에 그대로 앉아 있다.

강물이 맑은 환한 한낮이다.

앵두

현철이네 집
앵두나무,
앵두나무는 현철이네
장광 돌담에 있지만
꽃은
춘자네 집에서
핀다.
돌담 너머 앵두도
춘자네 집에서 익는다.
앵두 같은 입술로
익는다.

물소리

밤이면 빨치산들이 산에서 내려왔다.

쌀이든, 보리든, 콩이든, 된장이든

감추어둔 자리를 용케도 알고 옴쏙 다 가져갔다.

혁대도 빼 가고, 고무신도 벗겨 가고, 빗자루도 다 가져갔다.

밤이 되면 동네 남자들은

강물 소리가 가장 크게 들리는 강변으로 피신을 했다.

늦은 밤, 강 건너로 빨치산들이 거뭇거뭇 두세두세 지나

갔다.

아버지들은 바위에 붙은 물고기들처럼 납작 엎드려 물

소리 속에다가

말소리를 섞는 작은 목소리로 소곤거렸다.

"어이, 저놈들 좀 보소, 저들이 시방 어디로 가까?"

지금도 나는 물소리에 섞인

아버지들의 숨죽인 말소리와

강 건너 빨치산들의 발소리를

분간해내지 못한다.

사랑방

우리 뒷집 그 뒷집에
사랑방이 있었다.
동네에서 오줌독이 제일 컸다.
그 오줌독에 개 가죽 노루 가죽 담가 기름 빼서
열채, 궁굴채, 장구를 만들었다.
부낭 큰 푸세식 화장실도 제일 컸다.
한겨울 지나면
봄이 되기 전 그 큰 부낭 똥이 넘쳤다.
그 방에서 집 없는
빠꾸 하나씨도 자고
강샌도 자고
마누라하고 싸운 남정네들도 잤다.
담배 찌든 냄새, 발 꼬랑내, 메주 냄새가 섞여
머리가 띵했다.
어머니와 싸운 날 아침 식사 때가 되어도 오지 않는 아버
지를 모시러 가보면
아버지는 모로 누워 있었다.
내가 불러도 돌아보지도 않고

알았다고만 했다

아버지가 베고 있는 목침에는 담뱃불로 탄 자국이 여기저
기 까만 사마귀처럼 뚜렷했다.

어른들이 없는 날 그 방에 가보면

만들다 만 망태, 덕석, 재소쿠리 들이 윗목에 널브러져
있고

실경에는 고깔, 징, 장구, 소고가 얹혀 있었다.

외로운 사나이들의 피난처,

사랑방에 들면

아무렇게나 마음이 편했다.

닭 서리 닭 삶아대고

허기진 배 굴풋하면 고구마 삶아대고

때로

자다가 일어나

밤밥 해대던 곳.

김 나는 하얀 쌀밥 차려 들고

사랑방 문 열면

남정네들의 근심 걱정같이

담배 연기 자욱한 사나이들의 방,
그 눈물 나던 방 사랑방.

구장네 솔밭

구장네 솔밭은 학교 가는 길에 있었지.

구장네 솔밭에는 작은 소나무들이 있었어.

키 작은 소나무, 앙당앙당한 소나무, 비 맞으면 몸이 검어졌어.

소나무 위에 작은 새들이 집을 짓고,

칡들은 땅 위로 멀리멀리 기어갔지.

철쭉꽃이 피는 봄이 오면

키 작은 소나무 아래 가랑나무 잎 속으로

물새들이 날아와 집을 짓고

푸른 벌레들을 물고 들어간 가랑나무 속엔

빨간 맨몸의 새끼들이 있었지.

구장네 솔밭엔 큰 바위들이 많았어.

이끼가 낀 검은 바위 뒤에 숨어 똥을 싸면 뱀들이 지나갔어.

다람쥐들이 지나갔어.

토끼들이 뛰어오다 문득 멈춰 바라보다 뛰어갔지.

키 큰 노루가 솔밭을 지나 들로 뛰어가면 우리가 쫓아갔어.

구장네 솔밭에는 딸기들이 많이도 익었지.
붉은 함박 딸기를 따서 파란 칡잎에
얹으면, 아! 다디단 그 딸기를 먹기 아까웠어.
작은 소나무에 바람이 불면
휘휘휘 휘파람 소리가 들렸지.
그 작은 소나무 위에 눈이 쌓이면
오! 세상에 그렇게 아름다울 수가 없었지.
내리는 눈을 소나무가 다 받아 머리에 이어버리면
그 소나무 아래에 눈이 없었어.
우리는 그 소나무 아래 서서 시린 발을 녹였지.
구장네 솔밭에는 아그배나무꽃이 피었어.
구장네 솔밭에는 붓꽃이 피었어.
구장네 솔밭에는 칡꽃이 피었어.
구장네 솔밭에는 찔레꽃이 피고,
강가에는 붉은 넝쿨 찔레꽃도 피었지.
구장네 솔밭, 그 끝에서 용소가 시작되었어.
구불구불 작은 오솔길들, 그 환한 길로
비 오면 비 맞고

눈 오면 눈 맞고

바람 불면 바람 맞고

해 뜨면 해 이고

다니던 길, 먼 물소리 멧새 소리

꿩 후드득 날아오르던 그 구장네 솔밭길

풀밭 속에 난

그

작고

환한, 우리들이 오래오래 걸어 수많은 발길로

만든

길

그 길이 있는 구장네 솔밭.

멧새

한 사나흘 눈 오면
볏이 노란 멧새들이 마을로 내려온다.
헛청 시래기에 매달려
시래기를 쪼아 먹는다.
눈 위에다가
아주 작은
푸른 똥 싼다.

이야기 하나

옛날 어떤 할아버지가 아침 논에 갔더란다. 커다란 구렁이 한 마리가 물꼬를 막고 있더란다. 쉿! 저리 가, 쉿! 저리 가, 쫓아도 가지 않아 할아버지는 삼지창으로 구렁이를 찔러 죽였다. 이튿날 아침에 그 물꼬에 가보았더니, 손바닥만 한 붕어들이 고물고물 모여 있더란다. 옳다구나! 붕어를 잡아다가 끓인 후 냄비 뚜껑을 열었더니, 어? 이것이 뭐여! 냄비 속에 커다란 구렁이가 한 마리 삶아져 있더란다.

이야기 둘

옛날 우리 동네 어떤 할머니가 깨밭에 가서 엄지손가락 보다 더 큰 연두색 깨벌레를 잡아 죽였단다. 어느 날 그 밭 위 논, 물 빠진 물꼬에 붕어들이 구물구물 모여 있어서 잡 아다가 자갈자갈 끓여 밥상 위에 놓고 냄비 뚜껑을 열었 더니, 어마! 뜨거라, 이것이 뭐셔 시방? 냄비 속에 연두색 깨벌레들이 오글오글 삶아져 있더란다.

소나기

우골 골짜기 비 묻어온다.
뛰어라.
장독 덮어라.
빨래 걷어라.
보리 담아라.
밭에서 불이 나도
집에 닿기 전에
동네 다 젖는다.

푸른 솔가지를 꺾어
무릎에 깔고 절을 하다

차례는 간단하게 지냈다. 바위들이 널려 있는 너덜겅 마
을 뒷산 길을 지나

참나무 잎이 수북하게 쌓여 있는 산길을 올라갔다.

작년이 된 참나무 잎들이 발등을 덮고,

미끄럽다.

산을 오르는 옛날 어른들처럼 다리를 벌려 오른발

왼발 힘주어 길 양쪽 땅을 디디며 무릎의 힘으로 산길
을 올라갔다.

산길은 서두르면 안 된다.

산소는 마을 뒷산 중턱에 있다. 다리가 아프다.

아버님 묘 옆에는 어머님 땅이 비어 있다.

무릎을 꿇고 절을 하였다.

무엇인가를 생각하면서, 수많은 생각들이 지나가고 겹
쳐지면서. 그리고

일어서서 뒤돌아보면, 강물이 산굽이를 휘돌아 나간다.

무엇이든 세월 뒤에서 둥글어져간다.

무덤들은 모두 그렇게 저쪽으로 형제들끼리 나란히 편
하다.

설날이면 아버님은 무명 흰 두루마기를 다려 입고
무덤 주위 솔가지를 꺾어 깔고 두 무릎을 그 위에
얌전하게 내려놓으며 크게 절을 하셨다.
깃이 닳고 닳아 터진 흰 옷고름 실밥이 푸른 솔잎 위에
사려지고
세월이 간다.
나에게는 아버지가 계신다.
마음이 산길을 내려오는
앞산으로 차분하게 가라앉았다.

2

그리운 사람들

같이 먹고 일하면서 놀았다네

정월 초하루 설날은 세배 가고

열흘 쉬었다.

정월대보름, 찰밥 해 먹고 굿치고 힘내라고 닷새 쉬었다.

2월 초하루 콩 볶아 먹고 기운 차려서 머슴 살러 길 떠나고

3월 삼짇날 새 쑥으로 반달떡 해 먹었다.

5월 단오 징검다리 손보며

물고기 잡아먹고 씨름했다.

6월 유두 더위 시작되니, 물 맞았다.

7월은 칠석, 임 만나는 날에다가 7월 백중 세벌매기 끝나고

돼지 잡아먹었다.

8월 보름, 추석이다.

9월은 귈, 제비가 강남 가고 국화 부침개 부쳐 먹었다.

10월은 상달이다. 뒷산 조상께 새 곡식으로 음식 장만해 시제 지냈다.

12월 동지다. 밤이 가장 긴 날, 팥죽 끓여 귀신 쫓아라. 곧 다시 설이다.

옥정댁

옥정이 어딘가?
옥정, 구슬 옥玉에 우물 정井
이름도 좋다.
옥정리에서 시집와서
옥정댁이다.

서춘 할아버지 느티나무

할아버지 이름을 모른다.

호가 서춘이다.

나는 서춘 할아버지를 보지 못했습니다.

서춘 할아버지가 심은 마을 앞 느티나무 100년하고 50년
도 더 되었습니다.

동네 사람들 모두 그 그늘로 자랐습니다.

마을 사람들 모여 잠자던 여름 한낮이면 홀로 깬

서춘 할아버지는 나무아미타불, 나무아미타불, 나무아
미타불 크게 외우다

동네 사람들 잠 깨운다며 핀잔 들었습니다.

겨울이면 얼음을 깨고 냉수마찰을 하고

눈 위를 맨발로 걸어 다녔습니다.

발 냄새, 꼬랑내, 메주 뜨는 냄새 섞인

사랑방에서 나무아미타불 중얼거리며 모로 누운 돌부처
처럼 홀로 잤습니다.

느티나무에 잎 나고

느티나무 아래 모래 속에 자라들이 알을 낳는 동안

아이들이 서춘 할아버지 놀리고

새잎 돋는 봄날이면 할아버지는 산에 풀짐 받쳐놓고

흘러가는 강물에 떨어진 정자나무 그림자를 바라보았습
니다.

어린 자라들이 자라

큰 바위 위로 올라와 놀 때

서춘 할아버지 일 점 자식 하나 없이

그 느티나무 강가에 세워두고

홀로

죽었습니다.

그날 밤,

사람들은 느티나무가 나무아미타불 하며

크게 우는 소리를 들었다고 합니다.

암재 할머니

진메 마을 뒤 암재에서 이사 왔다고 해서
암재댁이다.
윤환이네 집 올라가는
산비탈에 방 한 칸 부엌 한 칸
초가집 짓고 살며
동네 처녀 총각들에게
사탕 팔았다.
처녀 총각들 현금 없어서
밥할 때 감추어둔 곡식 가지고 와서 아마 사탕 사 갔다.
사탕 사러 와서
사탕 자루 펴놓으면
말만 한 처녀들이 할매에게
물 먹고 싶다고 물 심부름 시키고
사탕 몇 개씩
공짜로 치마폭에 감추었다.
암재 할머니 사탕 장사 하나 마나 이문 없었다.
머리 허연 덕수 할아버지랑 연애한다는 소문도 있었고
빠꾸 할아버지하고도 연애한다는 소문 있었다.

이따금 상투 튼 덕수 할아버지가

그 집에서 나와 비탈길을 가만가만 내려오는 하얀 모습
을 보았다.

논밭 한 뙈기 없이

우리 동네 유일한 상업 행위로 살다가

마을회관에 구판장 생기자

품 팔아 빚 없이 잘 먹고

자립경제로 깨끗하게 잘 살았다.

암재 할머니 돌아가시자

집 없어졌다.

물 찍어 발라 빗은 허연 머리만

물 위를 떠가는 거품처럼

동네 이곳저곳에 남았다.

탐리 양반

우리 동네에서 팔과 다리가 제일 길었다.

여름이면 밀짚모자를 눌러 쓰고 다녔다.

강 건너에서 작은 망태에다가 오이, 복숭아, 옥수수, 수박

따서 가지고 오다 우리 집 지나며 뚤방에 오이 복숭아

몇 개 놓고 갔다.

여름이면, 정자나무 아래 작은 샘물로

소다를 잡수셨다.

소다를 먹고 끄윽 하고 트림하는 소리에

우리 속이 다 후련했다.

얌쇠 양반

우리 아버지랑
일본으로 징용 갔다 왔다.
아버지보다 일본말 잘했다.
평생 상고머리였다.
나뭇짐, 풀짐 거칠어
나뭇짐 지고 산길 내려오면
동네 사람들 그가 누군지
먼 데서도 다 알았다.
지게 위의 거친 풀들이 발길 따라 춤을 추었다.
늘 홀로 나무하고 풀했다.
내가 알기로
평생 서울 간 적 없다.
가난하고, 가난하고, 한없이 가난하지만
동네 인심
그이만큼 더럽히지 않은 사람도 없다.
눈빛이
착하고 선한
우리나라 농부로,

오염 안 된 우리나라 자연으로,

한 일 자, 一평생으로

흔적 없이 잘 살았다.

아롱이 양반

오뉴월 소불알이라더니
불알 두 쪽 축 늘어뜨린 황소
힘쓸 곳 없어
앞발 뒷발로
흙 파 던지며 빙빙 강변에 커다란 원을 그리더니
두 눈을 부라리고
눈짓 뿔짓으로
뿌리박힌 돌멩이를 들이받아 뽑아 뒤집는다.
힘쓸 때마다 두 쪽 불알이 덜렁거린다.
더워 죽겠는데
저 강변 황소
대낮에 거시기가 쑥
나왔다. 어? 어?
저 소 봐라! 홀홀 뛰더니
고삐 풀렸다 먼 산 보며 코로 한번, 씩 웃더니
홀홀 강변을 내달려 느티나무로 달려온다.
모래가 튀고 풀밭에 먼지가 인다.
여름 한낮이 숨을 죽인다.

아롱이! 아롱이! 아롱이 어딨어!

사람들이 아롱이 양반을 찾는다.

아롱이 양반 베잠뱅이 걸치고 삼배바지 걷어 올리며

느티나무 그늘을 벗어나 햇볕 속으로 천천히 걸어 들어

간다.

콧김을 훅훅 뿜으며

앞발 뒷발로 흙을 파 던지며

누런 황소 아롱이 양반 앞으로 고개를 숙이며 다가선다.

어허, 워워 그래 알았다.

알았다. 알았어, 힘쓸 데 없어 화났구나. 소를 달랜다.

황소 고개를 숙이고

부러진 관솔가지 같은 뿔로

땅을 파 뒤집는다.

시뻘건 눈을 치켜뜨고 씩씩 콧김을 뿜는다.

아롱이 양반 뿔짓 발짓하는 소 앞에 버티고 서서

빙빙 도는 소를 따라 돌며

눈 하나 꿈쩍 안 한다.

온 동네 사람들

두 주먹을 불끈 쥐고

숨죽인다.

워워, 아롱이 양반 두 손에 침 뱉어

바지에 쓱쓱 문지르며 소에게 다가선다.

이리 와라, 이리 와 그래 알았다.

손을 뻗는다.

소도 기죽지 않고 콧김을 훅훅거리며

앞발 뒷발로 흙 파 던지며 뿔짓으로 잔디밭을 찢는다.

아롱이 양반 우뚝 선다.

아롱이 양반 화났다.

아롱이 양반 윗옷을 벗어 휙 던지고 두 발을 땅에 깊이
박는다.

두 손을 내밀어 씩씩거리는 황소 뿔을 두 손으로 재빨
리 꽉 쥔다.

소가 뒷발질을 하며 훌훌 요동을 한다.

뒤잽이다.

서로 밀리지 않는다.

소가 밀고 들어오자

아롱이 양반 끙 힘을 쓰더니,

보자보자 했더니, 이것이 시방 니가 나를 깐봐! 장딴지에
지렁이 같은 퍼런 핏줄들이 꿈틀거리며

두 발이 땅을 파고들 때, 끙 힘을 쓰니,

집채 같은 황소 벌러덩 쿵 쓰러진다.

동네 사람들 일제히 일어서며 두 손을 번쩍 들고

환호 소리 산을 울린다.

아롱이 양반 두 눈이 풀린 소 코뚜레 잡고

천천히 소 일으키니,

둘 다 땀범벅이 되어 식식거리다

땀으로 온몸이 번들거린다.

소 얌전하게 고개 숙이고 강변에 서 있다.

아롱이 양반 소고삐 잡고 강물로 들어가

소 등에 물 끼얹으며

애썼다, 따독따독

소 등 두드려준다.

청산

순창 양반 해맑은
얼굴이 길고
검은 수염도 길었다.
한복에 조끼 입고
뜨거운 햇볕 속 땅 꺼질까 봐
가만가만 걸어 정자나무에 왔다.
사람들 다 자도
혼자 양반다리로
반듯하게 앉아
고요한 여름 한낮
강과 높이 솟은 산을 바라보며
조용조용 시조하신다.
청사아아아아아안이이이이이이 이 이 이 이
높고 낮은 앞산 골골 굽이굽이 강굽이 이 논 저 밭 다
더듬으며
계속 청사아아아아아아아안 이 이 이 이…… 하신다.
내가 듣고 있다가
할아버지 왜 계속 청산만 하세요? 그러면 쳐다보지도

않고

시끄럽다 이놈아!

그래놓고

다시, 산과 물 보며 청사아아아아아 안아아아아아……
이다.

청사안아아아안,

아직 끝나지 않았다.

사구실댁

용덕이네 할머니
동네에서
제일 욕 잘했다.
눈치코치 안 보고 동네가 떠내려가게 아무 욕이나 다
했다.
라디오가 나왔을 때,
라디오를 들여다보며
이 속에 얼마나 사람이 많이 들어 있다냐?
전깃불이 들어왔을 때,
전구는 손대지도 않고
무엇을 건들면 대낮같이 깜짝 불이 환해지는
전깃불을 이해 못 했다.
텔레비전이 들어왔을 때도
저놈들이 어치고 저 속에 다 들어가 저기서 저 지랄들
이다냐?
이해 못 했다.
텔레비전도, 전깃불도, 라디오도 이해 못 하시고
깨끗하게 돌아가셨다.

용덕이네 집
뒤란에 수수감나무
빨갛게 익어 떨어지면
그 감 주워 감추어두었다가
동네 어린애들
설사 달래주었다.
그 집 광방 뜯길 때
쌀뒤주 아래 초석자리 밑에
빠실빠실한 일본 돈 많이 나왔다.
깨끗하게 다려진
돈, 뭉치로 나왔다.
아까웠다.

진짜다

진석이 형님 할머니
호랑이가 업어다주었다
순창 장에 갔다 날 저물어
우골 공동 산 고개 넘는데
어디선가 호랑이가 나타나더니
할머니 앞에
슬그머니 주저앉아 등 내밀길래
호랑이 등에 걸터앉았다
바람같이 내달려
집 앞에다 내려놓고
홀연히 사라졌다
눈 깜박할 사이였다
진짜로 진짜다

빠꾸 하나씨

앞산 너머
가곡리가 집이란다.
우리 동네 살면서
머슴도 살고
이 집 저 집
날일도 해주며
밥 해결하고
사랑방 잠 자며
큰 근심 없이 살았다.
우리 동네 유일한 상쇠
빠꾸 하나씨
벙거지 쓰고
쇠 잡고
농악 마당에 들어서면
굿쟁이들은 꼼짝 못 하고
동네 사람들 모두 숨죽이며 긴장했다.
징이 안 맞으면
징잽이 앞에 세워두고

쇠를 치며

오른발 들어 땅을 굴려 징 칠 고비를

알려주었다.

얼굴이 길고

곰보였다.

빡빡빡꾸야 곰보빡꾸야

아이들이 놀려대면

짧은 곰방대를 휘저으며

저런 쌔려 죽일 놈들 봤나

나뭇짐 받쳐놓고

고함질렀다.

우리 동네 굿선생이었다.

판조 형님 장구 가락도 빡꾸 하나씨에게 전수받았다.

암재 할머니하고 스캔달 있었다.

이울 양반

　동네 회의할 때 무경우로 우기고, 말도 안 되는 의견으로 끝까지 오기 쓰고, 앞뒤 없이 혼자 떠들어대고, 위아래 없이 안하무인으로 천방지축 혼자 주인공 노릇하는 사람 보고 동네 사람들은 "이울 양반 때문에 오늘 공사 다 글렀네"하며 하나둘씩 사랑방 나가버렸다. 사랑방 사라진 지 오래된 지금도 해 저물면 텃밭 뽕나무에서 이울 양반 뽕알, 이울 양반 뽕알 하며 우는 매미 있다.

큰당숙

더운 여름
점심 먹고
정자나무 밑에서 더위 피할 때면
느닷없이 우골에 소나기 묻어왔다.
동네 산을 휘휘 돌아
빗줄기가 하얗게 강물 위를 달려왔다.
비 온다.
비 온다 어떤 사람은 나무 뒤로 숨고
어떤 사람은 팔로 얼굴을 가리고 집으로
뛰었다.
큰당숙
두 팔 편히 내려뜨리고
절대 안 뛴다.
하늘이 무너져도
안 뛴다.
큰당숙
비 다 맞고
천천히 걸어

집에 간다.
야 이 사람아 얼른 뛰어
다그쳐도
느릿느릿 걸으며
미리 맞을 것 뭐 있다요?
비 맞는다.
지게 지고 깐닥깐닥
제일 늦게 앞산을 올라가도
똑같이 나무 한 짐 지고
산에서 내려온다.
징잽이 우리 당숙
징 소리 천천히 가도
동네 구석구석 다 찾아가고
제일 멀리 간다.

일촌一村 어른

한 뼘이 될까 말까 했다.
크기가 새끼손가락 굵기만 했다.
삼베 조끼 윗주머니에 늘 꽂혀 있었다.
피리였다.
우리 동네 유일한 한량이었다.
동네 사람들 모두 일을 할 때
양반다리를 하고 마루에 높이 앉아
흘러가는 강물 쪽으로
피리를 불었다.
슬픈 피리 소리 멀리멀리 퍼져갔다.
땅만 보며 일하던 사람들이
피리 소리 끝나면 허리 펴고 서서
흘러가는 강물을 멀리 바라보았다.

초행길

누님은 하루 종일 고개 들지 않았습니다.
큰집 돌담에 기대선 아름드리 살구나무 살구꽃이 한 잎
두 잎 바람에 날려
푸른 이끼 돋는 돌담 위에 가만가만 내려앉습니다.

신랑을 따라 고샅길은 잠시 두세두세 환했습니다.
텃논 한쪽 귀퉁이, 끝이 까맣게 탄 마늘들이 솟고
배웅객들이 반질거리는 텃논 논두렁에 모여 서서
흰 두루마기 강바람에 나부끼며 휘적휘적 누님 앞서 가
는 키 큰 신랑을 바라보았습니다.
푸른 보리밭 너머로 매형 따라 깜박 사라지는 누님,
팔짱을 풀고 사람들이 마을로 흩어졌습니다.
살구나무 살구꽃잎들도 후후후 흩날려 손거울 사라진
누님의 빈방 지붕 위로 집니다.

3

색
바
랜

사
진

마을 법

도둑질하면 스스로 마을을 떠나거나 쫓아냈다.

거짓말하다 한 번 들키면 늙어 죽을 때까지 신용 잃고 살았다.

막말하지 않았다. 무덤까지 가지고 가야 할 말 있었다.

이장할 때 파묘하면 시효 지난 막말로 뒷산이 소란스럽다.

살구나무가 있는 풍경

소를 몰고 고샅길을 간다.

큰집 소도, 작은집 소도 붉은 살구씨를 밟고 집에 들어 몸을 뉘었다.

큰집 고샅길 돌담에 기대고 선 커다란 살구나무는 얼마나 오래되었는가. 텃논 모내기를 하다가 쉴 참에 살구나무로 달려가보면 고샅길에는 노란 살구가 떨어져 있었다. 생각만으로도 입안에 침이 고이는, 씨가 쏘옥 돌아 빠지는 살구가 열리는 살구나무는 해갈이를 했다. 살구나무가 기대고 선 돌담 돌멩이마다 푸른 이끼가 돋고 살구꽃이 떨어진 돌담 구멍에는 누런 구렁이가 몸을 틀며 지나가고 누이들의 까만 머리 위에도 꽃잎이 떨어졌다.

밤이면 빨치산들이 산을 내려왔다.

어느 날 밤 민병대 대원 한 명이 살구나무 뒤에 숨어 보초를 서고 있을 때 빨치산 두 명이 고샅길로 들어섰다. 민병대가 숨을 죽이며 빨치산 두 명이 나란히 걷기를 기다렸다. 두 명이 한 명처럼 겹쳐진 순간 따그락 노리쇠를 당겼다. 빨치산들이 우뚝 멈추어 선 그 순간, 민병대는 방아쇠를 당겼다.

탕! 살구꽃이 우수수 졌다. 조금 늦게 떨어진 살구꽃잎이 죽은 빨치산 발치까지 날아가 있었다.

살구나무는 키가 훌쩍 커서 오금이네 집 돌담에 올라가 키발을 디뎌도, 소 등에 올라서도 살구가 손에 닿지 않았다. 장대 끝을 쪼개 손가락만 한 막대기로 가지를 벌려 살구가 달린 작은 가지를 쪼개진 장대 끝에 넣고 비비 돌려 가지를 꺾어서 가만가만 당겨와야 했다. 잎이 달린 작은 가지에 달린 상처 하나 없는 살구는 먹기도 아까웠다.

생각만으로 입안 가득 침이 고이는 으으으 신 살구는 일 년 된 새신랑들이 동네 사람들 몰래 제일 많이 따 갔다. 동네 가운데, 우뚝 솟은 살구나무에 꽃이 피었다가 지는 날에는 꽃잎이 저 아래 태환이 형네 지붕까지 하얗게 날아가 앉았다.

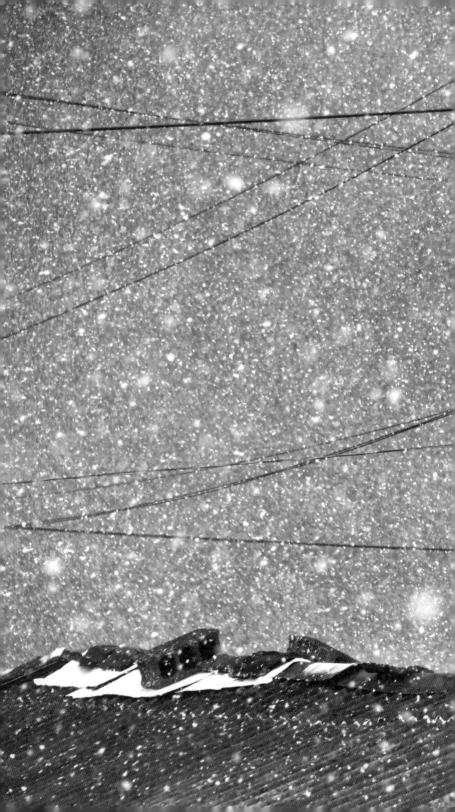

장암2길
17   21
Jangam 2-gil

고기

우리 동네
앞강에서
놓친 고기는
다 크다.

독립

물안경 쓰고
작살 들고
잠수했다.
커다란 바위 속이
침침해서 무서웠다.
들이마신 숨을
참으며
두 눈을 똑바로 뜨고
바위 속을 들여다보았다.
어?
저것 구렁이 대가리 아녀?
숨이 멎을 것 같아
얼른 물 밖으로 나왔다.
한참을 생각해봤다.
자라 모가지 같았다.
물속으로 다시 들어가 슬며시
바위 속을 들여다보았다.
자라였다.

숨이 찼다.

에라, 모르겠다.

작살을 당겼다.

다시 물 밖으로 나와

놓고 나온 작살 자루를 보았다.

작살이 움직이고 있었다.

물 밖에서도 나는 숨이 찼다.

살며시 작살을 잡아당겼다.

작살을 통해

묵직한 움직임이 느껴졌다.

가슴이 뛰었다.

작살을 잡아당겼다.

새마을 모자만 한 자라가 따라 나왔다.

용조 형을 따라다니다가

처음으로 독립한 날이었다.

그 생각 나면

지금도

나는 가슴까지 숨이 차오른다.

공부

동네 사람들이
크게 다치거나
큰일을 당하면
어머니는 늘 이렇게 말씀하셨다.
남의 일 같지 않다.
다 내 일이다.

동네 아이들과 싸우고
어디가 터져 들어오면
어머니는 늘 이렇게 나를 달랬다.
어디가 부러져
병신만 안 되면 괜찮다.
애들은
싸워야 큰다.

우리 집에서 친구들하고
숙제하다 싸우고
친구 쫓아내면

어머니는 늘 이렇게 말씀하셨다.

공부만 잘하면 뭐 헌다냐.

사람이 되어야지.

동생들을

함부로 하면 어머니는 늘 이렇게 말씀하셨다.

우리 집 강아지도

우리가 귀하게 대해줘야

밖에 나가면

동네 사람들도

귀여워한다.

구렁이

달걀을 삼키는
구렁이를 보았다.
달걀을 다 삼키고
배가 볼록한 구렁이가
기둥에 칭칭 감고
꿈틀꿈틀 힘을 쓰는 것을 보았다.
구렁이 배 속에 든 달걀이
퍽 깨지고 구렁이 배가 푹 꺼졌다.
암탉이
꼬꼬댁 꼬꼬댁 꼬꼬댁 꼬꼬꼬꼬댁 울고
수탉이 목털을 곤추세우고
경중 걸음으로 경중거리며 꼬꼬꼬꼬꼬꼬
구렁이 주위를 빙빙 돌았다.
몇 개의 달걀 속에서 병아리들이 노란 주둥이로
알을 깨고 나왔다.

귀소歸巢

사나흘 눈 오다 그치면
동무들이랑 토끼몰이를 갔다.
뒷산에 올라가 토끼 발자국을 보면
저녁 발자국인지
아침 발자국인지 금방 알았다.
아침 발자국을 살살 따라가다 보면
저만큼
토끼가 하얀 눈 위로 뛰어올랐다.
토끼를 처음 본 자리에
한 사람을 남겨두고
나머지는 토끼를 몰았다.
산을 넘고 골짜기를 지나
하루 종일 토끼를 몰다 보면
토끼는 처음 뛰었던 자리로 되돌아왔다.
지쳐서 돌아왔다.
쫓고 쫓기는 발자국 온 산에 어지럽혀놓고
지친 다리를
이끌고 토끼 뒤를 따라

동무들도 고함 소리 거두어

제자리로 돌아왔다.

장닭

맨드라미 핏빛으로
시뻘건 벼슬 장닭
암탉들을 데리고
텃밭에서 놀길래
주먹만 한 돌멩이 집어 휙 던졌다.
장닭 머리에 정통으로 맞아
뻐르적뻐르적 쭉 뻗어버렸다.
어? 어? 저게 아닌데,
저러려고 그런 게 아닌데
얼른 주워 보리 검불로 덮어두었다가
저녁에 동무들이랑 강가에서 삶아 먹었다.
국물이 정말 맛있었다.
이러려고 그랬던 것은
정말 아니었다.

큰물

옥정리 보 텄다.
파란 물 달려온다.
하얗게 부서지며 달려온다.
부서지는 물머리를 보거라.
넘실거리는 저 물결을 보거라.
물 붇는다.
물 붇는다.
물 가운데 바위들
다 물에 잠기고
강 건너 소들이
고개만 내어놓고 둥둥 떠서 강을 건너고
물가에 검은 바위들도
물에 잠겨 숨 멈추었다.
유장하고 유장하다.
느티나무 그림자 물에 뜨고
솥뚜껑만 한 자라들이
파란 물결 위에 둥둥 떠내려간다.
맑은 물속에

풀꽃들이 쓰러지고
일어서고 또 쓰러졌다 일어선다.
잔고기 떼들이
안간힘으로
꽃잎을 물고
꽃 속에
숨는다.

보리밭

봄이 되면 강 건너 산비탈 밭에는
보리가 푸르게 자랐다.
그 푸른 보리밭에 어머니와 누님들이 나란히 앉아 보리
밭을 맸다.
보리가 발목 아래로 자랄 때부터 보리밭에 앉아
보리가 엉덩이를 가릴 때까지 보리밭을 맸다.
누님들은 어머니들과 한 밭에서 보리밭을 매는 것을 좋
아하지 않았다.
늘 그들끼리 패를 지어 품앗이로 보리밭을 맸다.
푸른 보리밭 속에 흰 수건을 쓰고 앉아 가는 듯 마는 듯
천천히 보리밭을 매어가며 누님들은 하루 종일 무슨 말
을 하고,
하루 종일 무슨 생각을 했을까.
언제 보면 밭머리에 앉아 있고
또 언제 보면 밭 중간쯤에 가 있고
또 언제 보면 저쪽 밭 끝에 가 있었다.
푸른 보리밭 속에서는 두런두런 이야기 소리가 들렸다.
그러나 어찌나 소곤거리던지, 그 말들은

보리밭을 넘어오지 않았다.

누님들의 밭에서는 보리피리 소리가 구슬프게 들릴 때
도 있었고,

강가에 있는 버드나무로 만든 피리 소리가 처량하게 들
릴 때도 있었다.

요순이 누님은 누구 오빠를 좋아하고

순자 누님은 누구 오빠를 좋아하고

수남이 누님은 누구를 좋아한다는 소문이 봄바람을 타고

보리밭을 넘어오기도 하고,

배추흰나비가 되어 강을 건너오기도 했다.

동네 산 절벽 난간에는 해마다 진달래꽃이 만발해도

동네 오빠들과 결혼한 누님들은 없었다.

하루 종일 보리밭을 매고 수건을 벗어 치마와 저고리에

묻은 흙먼지를 탈탈 털고

누님들은 징검다리 하나씩을 차지하고

나란히 앉아 등을 구부려 세수를 했다.

흰 저고리와 검정 치마, 긴 댕기머리들,

누님들은 물 묻은 얼굴을 닦고

해맑은 얼굴을 저문 강바람에 말렸다.

밤에 먹은 복숭아

칠월 백중 때 꽃밭등 개복숭아
노랗게 익었다.
벌레 먹은 복숭아를 먹으며 어머니는 말했다.
이 복숭아는 밤에 먹어야 한다.
복숭아 속에 벌레까지 다 먹어야
약 된다고.

곶감 서리

늦가을 달 떴다.
텅 빈 마을 달빛도 할 일 없다.
달이, 어슬렁어슬렁
중천으로 가면
달 따라 곶감 서리 간다.
마루 끝 처마에 접어 매달아놓은
현철이랑, 현철네 곶감 내려다가
한 꼬쟁이씩 나누어 들고 한 개 두 개 빼 먹으며
이웃마을로 가는 길을 걸어간다.
여기저기 띄엄띄엄
감씨를 떨어뜨리며
느시렁느시렁 걸어갔다가
이웃마을 끝집에서
그냥, 깐닥깐닥 걸어 되돌아왔다.
한 일 없는
달이 심드렁하게 졌다.

가다꾸리 비누 공장

취직이라는 낯선 말을 처음 들었을 때
동네 사람들 다 놀랐다.
취직을 하면 월급을 받는다는, 월급이라는 말도 처음이
라 놀랐다.
키 껀정한 종도 형님 가다꾸리 비누 공장 취직되어 간다고
망태에 장닭 한 마리
서울 가는 차비 들고
신사복 따라갔다.
동네 사람들 정자나무 그늘에 놀다가 모두 일어나 부러
운 눈으로 형님 배웅했다.

이튿날 종도 형님 지게 지고
풀하러 앞산을 오르고 있었다. 사람들 다 놀랐다.
임실 차부에서 신사복 그 사람이 닭과 차비 가지고 도
망갔단다.
차비도 없어
밤길 오십 리 자갈길을 걸어 집에 왔단다.
종도 형님 별명 가다꾸리였다.

속수무책 수수방관

어느 날 큰집 형이
바재기에 고추를 지고 오다
징검다리에서 넘어졌다.
고추들이 빨갛게 떠내려갔다.
빈 지게를 짊어진 형도
동네 사람들도 모두
빨갛게 떠내려가는 고추를
그냥, 서서 구경하고
있었다.

오래된 사진 한 장

텃밭

무 구덩이 옆에

장다리꽃 피었다

사진사 찾아왔다

수남이 누님,

요순이 누님,

삼순이 누님,

영자 누님,

순자 누님,

장다리꽃 앞에 두고

사진기 앞에

한 줄은,

한쪽 무릎 세워 앉고

한 줄은,

뒤로 나란히 섰다

배추흰나비 날아들고

하나, 둘, 예, 예, 저 뒷분, 네, 고개를 오른쪽으로 사알짝

예, 예, 됐습니다. 자 찍습니다. 자 다시 한번 살짝 웃으

시고
  네, 하나 둘 셋, 찰깍 사진 찍었다
  검정 치마
  무명 흰저고리
  반듯한 이마, 이마 너머 가르맛길로 나비가 날아간다

  슬프고
  애잔해라 웃는 듯 마는 듯 저 봄날,
  색 바랜
  사진 한 장

4

꽃, 등에 지고
서 있네

얼굴

누이들,
복두네 집
뒤란
샘물 길어갈 때
붉은 감잎 가만가만
밀어내고
깊고 깊은 저 하늘
자기 얼굴도
한 바가지 두 바가지
조심조심 길었다.
동네 떠날 때
자기 얼굴들
자기가 다 길어갔다.

문전옥답

뒷문을 열면
바로 논이었다.
방에 누워 있으면 볏잎이
바람에 살랑거리는 소리가 들리고
노랗게 익은 벼가
가을바람에 찰랑거렸다.
닭들이 논 깊숙이 들어가
익은 벼 이삭을 따 먹으면
할머니는
방문을 열어놓고
문턱에다가 담뱃대를 탁탁 때리며
후여후여 닭들을 쫓았다.
논으로 늘어진 앵두나무 가지에
참새들이 다닥다닥 붙어
흰 똥을 내지르며
푸드득푸드득 안달을 하다가
해 지면 더 지랄들이었다.
집집이 거름 물 다 논으로 모여들고

모낼 때

추수할 때

동네 사람들 지나가다

한가하게 앉아

구경하며 농도 하고

잔일 큰일도 거들어준다.

거름 내기 좋고

추수하기 좋아 농사일이 쉬운 대신

말도 많고 탈도 많은 논

날이 가물기 시작하면

올챙이들이 물 고인 아버지 큰 발자국 안에서

촐랑거리는 소리가 들리던

내 머리맡

논.

초가 두 칸 집

난리 통에
동네 집 한 채 안 남고
다 불탔다.
피난지에서 돌아와 두 칸 초가집을 지었다.
방에 누우면 마른 풀잎 사이
천장으로 별이 보였다.
쥐가 돌아다니고
누런 구렁이가 서까래를 타고
지나갔다.
방 한 칸
부엌 한 칸
금 간 흙벽으로 달빛이 새어 들어오고
귀뚜라미가 그 틈에서
울었다.
밤이 되면 손전등을 든 사람들이 방문을 열고
손전등을 얼굴에 들이대며
너는 누구 편이냐고 물었다.

우리는 어쩌라고

난리 나서 피난 갔다 돌아와봉게
집도 다 불태워버리고,
동네가 집터들만 까맣게 남았더라.
된장 간장이 있냐. 곡식이 남았냐.
싸울라면 지들끼리 싸우든지 말든지 하지.
옘병헐 놈들이 집은 왜 다 태우고
장독은 왜 깨부수고 지랄들이었는지.
우리는 어쩌라고.

어린것

더운 여름엔

강변 바위

위에서

잠을 잤다.

달 높이

뜬 밤

홀로 깨어

오줌 누고 자리에 누워

홀로 물소리 들으며

이리 뒤척

저리 뒤척

어린것이

잠 못 들다.

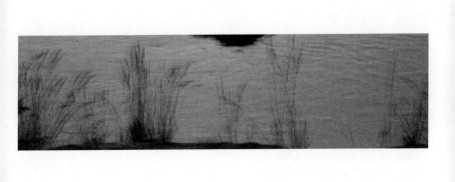

집안일

학교 갔다 오면 나는
집안일을 했습니다.
보리쌀도 갈아 씻어놓고
상추도 뽑아다가 씻어놓고
감자도 껍질을 깨끗이 긁어놓고
마루와 방을 쓸고 닦고
마당도 물을 뿌려 깨끗이 청소를 해놓았습니다.
마당을 깨끗이 쓸어놓고
빗자루를 한쪽에 세우면서
집 안을 둘러보면 마음이
한가로웠습니다.
그렇게 집안일을 다 해놓고
나는 동생을 업고
어머니 일하는 곳으로 갔습니다.
어머니가 보리밭을 맬 때는 보리밭으로 가
푸른 보리밭 속에
흰 수건을 쓰고 보리밭을 매는 어머니를 부르면
어머니는 아이고, 내 새끼 왔는가 하며 머릿수건을 벗어

옷에 묻은 먼지를 털며

보리밭가로 나왔습니다.

그러면 나는 동생을 어머니께

맡기고 나도 어머니처럼 보리밭에 앉아

보리밭을 맸습니다.

보리가 동밸 때까지

동밴 보리가 이삭을 내밀 때까지

나는 그렇게 어머니를 찾아 동생 젖을 먹이러 다녔습니다.

모내기를 할 때면

동생 젖을 먹이고

강길을 걸어오면

찔레꽃이 하얗게 피어 있었습니다.

길가에는 붓꽃이 피어 있고

토끼풀꽃과 자운영꽃이 피어 있었습니다.

꽃을 꺾어 등 뒤에 있는 동생 손에 쥐여주면

동생은 홀홀 뛰며 좋아했습니다.

어쩔 때는 어머니랑 같이

집으로 돌아올 때도 있었습니다.

그러면 어머니가 동생을 업고

나는 홀가분하게 어머니 뒤를 따라 걸었지요.

어머니가 동생을 업으면

동생은 좋아 더 훌훌 뛰었습니다.

동생이 그렇게 훌훌 등에서 뛰면

어머니는 까불거리며 아이고 내 새끼,

아이고 내 새끼 하며 더 동생을 까불렀지요.

징검다리를 건너 집에 오면

산그늘이 앞산을 넘었습니다.

강변에 어둠이 깔리고

풀잎들이 파르르 일어섰지요.

집에 들어와 내가 해놓은 집안일을 보며

어머니는 잠깐 나에게

자유를 주었습니다.

그 다디단 자유, 그 자유를 지금도 나는

잊을 수 없습니다.

그러면 나는 낚싯대를 들고

강으로 달려 나갔습니다.

나의 하루는 늘 그렇게
강물이었습니다.

사냥

토끼가 달아나다
다급하면 바위 틈에
머리만 숨겼다.
뒷다리를 잡아들면
허우적거리며
숨을 할딱였고
빨간 두 눈으로는
나를 빤히 쳐다보았다.
토끼 몸에서 김이 나고
땀으로 다 젖었다.
목숨을 살리려고
이리 땀나고 숨이 찼구나.
네 목숨을 잡으려고
나도 이렇게 헐레벌떡
땀이 나고
숨이 가빴구나.

놓아주었다.

가시내

보리 팰 무렵
으스름달 떴다.
동네 아이들이
느티나무 아래 보리밭에서
숨바꼭질을 했다.
보리 잎에 이슬들이 반짝이며 살에 닿으면
오소소 개방울이 돋았다.
정자나무에 기댄 아이가 열을 셀 동안
아이들이 흩어져
보리 이랑으로 숨어들었다.
저쪽에서 가시내가
내 곁으로 슬슬 기어왔다.
머릿결에서 이슬이 반짝였다.
가시내는,
내 곁으로 바짝 다가왔다.
내가 일어서려고 하자 가시내는
더 있다 가 하며
내 옷깃을 잡고 하얗게 웃었다.

풋보리 냄새가 났다.
커다란 정자나무와 함께
세상이 빙글 돌았다.
달빛이 부서지고
나를 부르는 아이들 소리가
아득하게 물소리를 따라갔다.
달이 그렇게 둥글고
그렇게 높은 것을 처음 보았다.

대화

중학교 2학년 때 기성회비 못 내
학교에서 쫓겨 와서
보리 베는 어머니 앞에 서서
어무이 돈 줘.
어제께 기성회비 안 냈다고 선생님한테 혼났단 말여.
얼마냐?
3천 원,
글고, 차비도 줘야 혀.
다 얼마냐?
3천 2백 원.
2천 원뿐이다.
글면 안 된디.
글면 어치고 허것냐?
기성회비 없으면 내일 학교 오지 말랬당게.
돈 없다. 갈라면 가고 말라면 말아라.
어무이.
뭐?
나 학교 안 가고 농사짓고 살라요.

썩을 놈 지랄허고 자빠졌네.

농사는 아무나 짓는 줄 아냐?

어이, 냅둬부러.

지 신세 지가 알아서 허게.

저 안 혀도 자식새끼들 많은디 뭔 걱정이여.

잘됐다 돈도 없는디.

아버지였다.

꽃밭등

봄이 오면
제일 먼저
꽃들이 피어나서
꽃밭등이다
개복숭아꽃 필 때
뒤돌아보며 집 떠났지.
강물에 어리는
붉은 얼굴들, 개복숭아
샛노랗게 익어도
너는 안 오고
너는 안
오고
나는
꽃, 등에 지고
서 있네.

5

그
해,

그
배
꽃

김

정월대보름 아침이면
어머니는 그해 처음으로 김을 한 장씩 나누어 주었다.
김 한 장으로
찰밥 한 그릇 요령껏 다 싸 먹었다.
잘못하면
수저 크기만큼 남을 때도 있어서
찰밥 한 숟갈 더 먹었다.
모자라면
시디신 채국으로
밥 다 먹었다.
김 한 장 가지고
계산 잘해야 한다.

밥상

옛날에는
밥 얻어먹으러 다니는
사람도 많았다.

그런 사람 집에 오면
어머니는 꼭 우리 밥상에서
우리랑 같이 밥 먹게 했다.

절대 한쪽에다가
밥 따로 주지 않았다.

분명

어느 해 아버지와 내가 툇마루에 오래 앉아 있었다.
꽤 오래 앉아 있었다.
내가 앞산을 가리키자 아버지가 앞산을 바라보았다.
무슨 말을 했는지, 아무 생각이 안 난다.
분명히 그때 무슨 말인가 했을 것이다.

어느 해

어느 해였다.
어머니와 아버지와 내가
벼 모가지 위에 쌓인 하얀 눈을 털며
벼를 베었다.
낫을 쥔 두 손을 호호 불어가며
엎드린 아버지 등에서는
뭉게뭉게 김이 났다.

김 도둑

김을 처음 사 온 날
어머니는 부엌 아궁이 잉걸불 속에 김 한 장 얹어놓고
물 길러 갔다 왔더니, 김은 온데간데없고
강아지만 부엌 바닥에 엎드려 아궁이 속을 바라보고 있
었다.
우리 어머니, 부지깽이로 개를 때렸다.

그해, 그 배꽃

앞산 거름 지게 밑에 아버지와 나란히 앉아 마을을 보
았다.

혜신이네 초가지붕 위로 똘배꽃이 하얗게 피어 있었다.

얼굴에 어른거리는 배꽃 그림자를 쫓으며

아버지가 내게 물었다.

용택아,

배고프냐?

앗차!

어머니는 소쩍새가 처음 울던 날 아침에 똥을 싸면서 '어제저녁에 소쩍새가 처음 울었지?' 하고 생각해낸 사람은 영리한 사람이라고 하셨다. 나는 꼭 변소 문을 열고 나오면서 그 생각이 나 '앗차!' 하곤 했다.

마케

글자를 모른다고,
학교를 다니지 않았다고 다 무식한 건 아니다.
세상 물정을 모른다고 다 무지한 것도 아니다.
이치와 순리와 경오와 분위기라는 게 있다.

무식한 놈은 따로 있다.
무식한 놈들은 일단 남의 말을 절대 귀담아 듣지 않는다.
동네에서는 그런 놈을 앞뒤가 꽉 막힌 '도치기 마케' 같
은 놈이라고 했다.

큰집 사위

어느 해 큰집 사위가 와서 자기 집에 돌아갈 줄을 모르고 빈둥빈둥 놀기만 했다. 화가 난 큰아버지 큰사위가 머무는 방 앞마당을 싹싹 쓸며 썩을 놈들, 남의 사위가 가든 말든 저까짓 것들이 뭔 상관이여! 방 안에 누워 이 말을 들은 사위 그날로 집으로 돌아갔다.

서
울

서울 길

2월이다. 맨몸, 빈손이다.

철 지난 홑바지를 파고드는 강바람 끝이 매섭다.

바람결을 따라 물소리가 휘몰아친다.

더는 힘쓸 수 없는 마른풀들의 마디들이 툭툭 부러진다.

바람 속에서 나를 부르는 어머니 목소리가 들린다.

아! 바람 부는 마른 풀밭 위로

풀잎 같은 어머니의 작은

손이 나를 부른다.

까맣게 마른 어머니의 얼굴,

살 없는 어머니의 손이 내 손을 찾아

꼬깃꼬깃한 돈을 쥐여준다. 될랑가 모르지만, 차비다.

가거든 몸 성혀야 혀. 몸조심허고, 편지혀라.

어머니의 마른 눈물이

가문 산으로 날아간다.

아! 어머니, 어머니, 두 손을 놓고

마구 달린다.

바람이 턱에 차 숨이 막힌다.

서울 길이다.

어디로 갈 것인가. 아, 어디로 갈 것인가.

명절이면 보던 동네 형들의 얼굴들이 바람결에 획획 스쳐 지나간다.

어디에서 무슨 일들을 하며 사는지,

서울로, 나도

간다.

산모퉁이를 돌며 마을을 뒤돌아본다.

강물이 하얗게 부서진다. 끝 모를 강물이여!

아직도 마른 풀밭 바람독에 쓰러질 듯 서 있는 어머니 모습,

어머니는 평생 무엇을 붙잡고 살았는가.

풀잎처럼 바람결에 날아갈 것만 같다.

다시 뛴다. 천길 벽과도 같은, 만길 어둠과도 같은

서울 길

간다.

서울 2

등에 박힌
강변 돌멩이들처럼
주먹을 쥔다.

차비 없이
떠나기로 한다.

돌아보지 않기로 한다.
다시 떠나가는 길,
주막에 앉아
먼지 일으키며 산굽이 돌아올
막차를 기다린다.

차바퀴에 차인 신작로 자갈들이
서로를 때린다.
돌멩이 하나 주워
주머니에 넣고
차에 오르며

뒤돌아보지 않았다.

칠흑 같은 어둠 속을 헤치고
달리는 헤드라이트 불빛,
잘 있거라, 라는 말은
죽어도 하기 싫었다.

두려움은 없다.
열아홉, 여문 주먹
전라선 열차에 다시 몸을 실었다.
내 인생에
두 번째 서울 길이었다.

서울 3

남쪽에는 봄이 왔는지 모른다.
양지바른 산 밭가에 매화가 피었겠지.
어머니는 어린 누이를 데리고
뽕나무 버섯을 따며
아직 다 녹지 않은 땅에서 하얀 달래 뿌리도 캐겠지.
추운 골짜기에서는
개구리들이 서툴게 울고
옷소매를 파고드는 봄바람은
살을 파고들 것이다.
생살이 보이게 튼 손으로 누이는
코를 닦고
얼었다 녹았다 녹았다가 다시 얼어
질척이는 흙이
떨어진 검정 고무신을 뚫고 올라와
몇 번이나 기운 나이롱 양말을 적실 것이다.
양지바른 공장 벽에 기대서서 바람 끝이 차다
공장 건물 응달에 쌓인 눈은 언제나 녹을 것인가
춘삼월 와야 눈 녹는

고향 마을 남산에도 저렇게 잔설이

바위 아래 칡잎을 덮고 있겠지

아버지는 이따금 일손을 놓고 앉아

담배를 태우며

남산을 바라보실 것이다.

발길로 시멘트 바닥 부서진 곳을 툭툭 찬다.

시멘트 바닥에 제법 넓은 땅의 흙이 드러났다.

일은 시키는 대로 하고 밥은 주는 대로 먹었다.

어느새

운동화 앞부리가 많이 헐었다.

서울 4

새잎이 피어난다.

꽃들은 언제 피었다가 졌던가.

꽃은 허기다. 밥을 먹었어도 봄꽃을 보면 배가 고프다.

응달진 산에서 나뭇짐을 지고

비탈길을 내려오다 쉬며 바라보던

벼랑에 핀 진달래꽃은 봄바람 속에서

나를 얼마나 허기지게 했던가.

허기진 배를 바람벽에 기대고 선다.

공장 담가에 벌써 찔레꽃이 피었다.

고향에는 모내기가 한창일 것이다.

어머니는 식전부터 발바닥이 뜨겁게 동네를 뛰어다니시

겠지.

아버님은 밤새워 울어대는 소쩍새 소리를 들으며

논물을 지키다가 느티나무 밑에서 밤이슬을 피해

삽자루를 베고 선잠을 자고

날 새기가 바쁘게 소풀을 베어 짊어지고 땀에 젖은 옷

으로

안개를 헤지며 강길을 돌아오실 것이다.

모 띄워놓은 들판에 머슴새가 울고

보릿대 타는 연기 속에 개구리 울음소리는 자욱할 것이다.

들판 가득 달빛이 쏟아지며 우리를 유혹하면

우리는 들을 지나 정류소가 있는 술집으로 술을 먹으러
가곤 했지.

이웃 동네 동무들과 어깨를 걸고 달빛 깔린 신작로 자
갈들을 차며 남진과 나훈아 노래를 불렀지.

처녀들이 같이 모일 때도 있었다.

강물이 감고 돌아가는 달빛은 얼마나 고왔고,

달빛에 젖은 처녀들의 머릿결은 얼마나 검었던가.

아! 고향의 달빛, 달 아래 핀 찔레꽃 덤불,

발길은 지금도 물소리를 헤치며

그 강길을 걷고 달린다.

동무들이 여기저기 모여 웅성거린다.

이대로 견딜 수는 없다. 우리도 사람이다.

지렁이도 밟으면 꿈틀거린다. 뭉치자.

풀린 운동화 끈을 고쳐 매고 땅 끝을 찬다.

돌멩이가 거의 드러났다.

쭈그려 앉아 손으로 돌멩이에 묻은 흙을 쓸어낸다.

모서리가 낯익은 돌이다.

돌을 캐내 흙을 털고 손으로 닦아 주머니에 넣는다. 묵직하다.

움푹 파인 땅을 흙으로 메운다.

흙이 모자라 돌 빠진 자리가 오목하다. 발로 한번 꾹 밟아둔다.

찔레꽃 향기가

코끝을 스친다.

먼 고향으로부터 배가 고파온다.

오늘밤은 달이 높이 뜰 것이다.

그리운 그 이름들

진메, 장산, 진뫼, 새몰, 일구지, 물우리, 중전, 무당밭골,
새몰 벼락바위, 하산길, 꽃밭등, 벼락바위, 두루바위, 자라
바위, 까마귀바위, 작은 두루바위, 절골, 평밭, 살바위, 수
두렁책이, 작은골, 큰골, 찬샘, 도롱꽃, 삼굿배미, 우골, 연
단이골, 손아들, 저리소, 뛰엄바위, 다슬기방죽, 노딧거리,
뱃마당, 쏘가리방죽, 몰무동, 가운데 정자나무, 달바위, 구
장네 솔밭, 용소, 도굿대배미, 자라배미, 버선배미, 뒷당산,
삼밭골, 가셋날끄터리, 삼제, 부챗날끄터리, 지땅, 칼등, 홍
두깨날망, 아장살이, 보석굴, 강산, 헛샘, 우골도랑, 지소,
정자 터, 산속 굴, 대숲 밭, 임산, 메굴, 안터, 각시바위, 가
운데 두루바위, 지게, 작대기, 애기지게, 대패, 짜구, 끌, 암
반, 쟁기, 깍쟁기, 벌통바위, 복두네 샘, 갓쟁이 양반, 용환
이 양반, 순창 양반, 철환이 양반, 얌쇠 양반, 송새완, 명렬
이 양반, 서춘 할아버지, 몰아실댁, 마리 할매, 계량이 양
반, 최샌, 최샌댁, 연산댁, 점옥이, 강식이, 광섭이 양반, 두
만이 형님, 계선이 양반, 종만이 양반, 동팔이 양반, 덕제
양반, 명옥이 양반, 남팔이 양반, 현철이 아버지, 동환이
양반, 귀팔이 양반, 성근이 양반, 성만이 양반, 살래 할매,

동춘 할매, 삼쇠 양반, 정규 아재, 풍언이 아재, 수봉이 양반, 아롱이 양반, 백석이 양반, 성환이 아재, 중멀 양반, 길수 양반, 강샌, 명환이 양반, 정귀 아재, 빠꾸 하나씨, 동전댁, 안촌댁, 경천이, 병제, 댕민댁, 일촌댁, 옥정댁, 월곡댁, 한동댁, 일구지댁, 탐리댁, 수리제댁, 지푸실댁, 암재댁, 옥정 양반, 박새완, 일두, 판조, 판식이, 신경호 양반, 내인 고모, 계백이, 진문이, 판생이, 이환이, 영자, 순자, 수남이, 요순이, 삼이, 남이, 춘희, 정남이, 용조, 복두, 윤환이, 금화, 금도, 한길이, 현철이, 용국이, 용식이, 재홍이, 송지, 만조, 재환이, 태환이, 태수, 아롱이, 용수, 한수, 종길이, 종환이, 진석이, 판석이, 춘일이 양반, 덕영이, 현권이, 현이, 길순이, 도구통, 도굿대, 확독, 폿독, 디딜방아, 징, 장구, 북, 소고, 부낭, 똥장군, 전짓다리, 삼 품앗이, 지팡이, 담뱃대, 부지깽이, 소두엄, 별똥, 여물, 여물통, 코뚜레, 헛청, 외양간, 횃대, 해치깡, 소쩍새, 부엉이, 뽕나무버섯, 박달나무, 발통기, 물꼬, 철귀, 못줄, 가물치, 지에무시, 무구덩이, 잉애, 베틀, 빨치산, 보루대, 딱꿍총, 인절미, 조청, 콩과자, 창호지, 닥나무, 초가집, 이엉, 돌담, 샛길, 샛거리,

154

능구렁이……

　부르면 한없이 따라 나오는 그 그리운 이름들을 여기
불러 모았다.

그때가 배고프지 않은 지금이었으면

지금 진메 마을에 사는 사람은 아래와 같다.

종길이 아재가 새집 짓고 나무 보일러 때며 혼자 산다.

어제 눈 수술하셨다.

뒤란 대숲에 참새들 오늘도 해 질 때 시끄럽다.

경운기 운전하며 농사지으신다.

한수 형님 돌아가시고 형수님이 새집 짓고 혼자 산다.

당숙모 홀로 사시다가 재작년에 돌아가셨다.

판조 형님 내외가 텃논에 집 짓고 산다.

지붕 위로 난로 연기 흩날린다.

우리 내외가 산다.

마당가 작은 연못 있다.

올해도 올챙이 많이 있다.

만조 형수님 홀로 산다.

동환이 아저씨 내외가 딸과 살고 있다.

그 집 길고양이들의 본부다.

재섭이 아버지와 어머니가 살고 있다

몇 해 전 논 샀다. 몇 해 만에 논 매매 있었다.

종만이 아저씨 돌아가시고 사위가 딸하고 왔다 갔다 산다.

사위는 강 건너에 산다.

주성이 결혼하고, 태환이 형, 형수가 살고 있고

태수 어머니가 살다 딸 집으로 갔다.

재호네 네 식구가 산다.

현선이와 어머니가 살고 있고,

이장 내외가 동네 농사 다 짓다시피 하며 산다.

양식이 마을 앞 느티나무 밑에서 국숫집 하며 먹고살다가

지금은 전주로 직장 다닌다.

새로 이사 온 내 동창 승권이 몇 해 전에 죽고 아내가

혼자 산다.

마을 저쪽 우골 골짜기에 외따로 선범이 부부 딸 넷과

산다.

세월이 사람들을 마을로 데려다주고 다른 세월이 와서

그들을 뒷산으로 데려가버린다.

사는 일이 바람 같구나. 나도 어느 날 훌쩍 그들을 따라

갈 것이다.

그들이 저세상 어느 산골, 우리 마을 닮은 강가에 모여

마을을 만들어 살 것이다. 그랬으면 좋겠다. 나도 그 마을

에 들어가 그때는 시 안 쓰고 그냥 얌쇠 양반처럼 해와 달
이 시키는 대로 농사일 하면서 근면 성실하게 살고 싶다.
그렇게 생각하니, 마음이 놓인다.

　그 마을은 바람과 햇살과 구름이 환한 산 아래 강길이
있을 것이다. 마을 앞에는 고기들이 뛰노는 강물이 흐르고
삽과 괭이와 호미와 낫으로 농사를 짓는 그 마을이, 복사
꽃 배꽃 필 때, 배고프지 않은 이 마을이었으면 좋겠다.

　그랬으면, 정말 좋겠다.